Le dragon de mon père

Ruth Stiles Fou de Bassan

Writat

Cette édition parue en 2024

ISBN : 9789359946764

Publié par
Writat
email : info@writat.com

Contenu

<h1 style="text-align:center">Chapitre un
MON PÈRE RENCONTRE LE CHAT</h1>

Un jour froid et pluvieux, alors que mon père était un petit garçon, il a rencontré un vieux chat de gouttière dans sa rue. Le chat était très dégoulinant et inconfortable, alors mon père a dit : « Tu n'aimerais pas rentrer à la maison avec moi ?

Cela a surpris la chatte - elle n'avait jamais rencontré quelqu'un qui se souciait des vieux chats de gouttière - mais elle a dit : "Je serais très reconnaissante si je pouvais m'asseoir près d'un four chaud et peut-être avoir une soucoupe de lait."

"Nous avons un très joli fourneau devant lequel nous asseoir", a déclaré mon père, "et je suis sûr que ma mère a une soucoupe de lait supplémentaire."

Mon père et le chat sont devenus de bons amis, mais la mère de mon père était très en colère à propos du chat. Elle détestait les chats, en particulier les vieux chats de gouttière laids. "Elmer Elevator", dit-elle à mon père, "si vous pensez que je vais donner à ce chat une soucoupe de lait, vous vous trompez complètement. Une fois que vous commencez à nourrir les chats de gouttière, autant vous attendre à nourrir tous les chats errants. en ville, et je ne le ferai pas! "

Cela a rendu mon père très triste et il s'est excusé auprès du chat parce que sa mère avait été si impolie. Il a dit au chat de rester quand même et que, d'une manière ou d'une autre, il lui apporterait une soucoupe de lait chaque jour. Mon père a nourri le chat pendant trois semaines, mais un jour, sa mère a trouvé la soucoupe du chat dans la cave et elle était extrêmement en colère. Elle a fouetté mon père et a jeté le chat dehors, mais plus tard, mon père s'est faufilé et a trouvé le chat. Ensemble, ils sont allés se promener dans le parc et ont essayé de trouver de belles choses à dire. Mon père a dit : « Quand je serai grand, j'aurai un avion. Ne serait-il pas merveilleux de voler n'importe où ! »

"Aimerais-tu vraiment, beaucoup voler ?" demanda le chat.

"Je le ferais certainement. Je ferais n'importe quoi si je pouvais voler."

"Eh bien," dit le chat, "Si tu aimerais vraiment voler à ce point, je pense que je connais une sorte de moyen pour que tu puisses voler pendant que tu es encore un petit garçon."

"Tu veux dire que tu sais où je pourrais trouver un avion ?"

"Eh bien, pas exactement un avion, mais quelque chose d'encore mieux. Comme vous pouvez le voir, je suis un vieux chat maintenant, mais dans ma jeunesse, j'étais un grand voyageur. Mes jours de voyage sont terminés mais au printemps dernier, j'en ai pris juste un de plus. voyage et j'ai navigué vers l'île de Tangerina, en m'arrêtant au port de Cranberry. Eh bien, il se trouve que j'ai raté le bateau, et en attendant le suivant, j'ai pensé regarder un peu autour de moi. un endroit appelé Wild Island, que nous avons traversé en route vers Tangerina. Wild Island et Tangerina sont reliées par une longue chaîne de rochers, mais les gens ne vont jamais à Wild Island car c'est principalement de la jungle et habitée par des animaux très sauvages. J'ai décidé de traverser les rochers et de l'explorer par moi-même. C'est certainement un endroit intéressant, mais j'y ai vu quelque chose qui m'a donné envie de pleurer.

Chapitre deux
MON PÈRE S'ENFUE

"Wild Island est pratiquement coupée en deux par une rivière très large et boueuse", poursuivit le chat. "Cette rivière commence près d'une extrémité de l'île et se jette dans l'océan à l'autre. Maintenant, les animaux là-bas sont très paresseux, et ils détestaient devoir contourner le début de cette rivière pour passer de l'autre côté. Cela rendait les visites peu pratiques et les livraisons de courrier lentes, en particulier pendant la période de Noël. Les crocodiles auraient pu transporter des passagers et du courrier à travers la rivière, mais les crocodiles sont très maussades et pas du tout fiables, et sont toujours à la recherche de quelque chose à faire. manger. Ils ne se soucient pas si les animaux doivent marcher autour de la rivière, c'est donc exactement ce que les animaux ont fait pendant de nombreuses années.

"Mais qu'est-ce que tout cela a à voir avec les avions ?" » a demandé mon père, qui pensait que le chat prenait énormément de temps à s'expliquer.

"Soyez patient, Elmer", dit le chat, et elle poursuivit son histoire. "Un jour, environ quatre mois avant mon arrivée sur l'Île Sauvage, un bébé dragon tomba d'un nuage volant à basse altitude sur la rive de la rivière. Il était trop jeune pour très bien voler, et en plus, il avait une aile assez gravement meurtrie, alors il n'a pas pu regagner son nuage. Les animaux l'ont retrouvé peu de temps après et tout le monde a dit : « Eh bien, c'est exactement ce dont nous avions besoin toutes ces années ! Ils lui ont attaché une grosse corde autour du cou et ont attendu que l'aile se rétablisse. Cela allait mettre fin à tous leurs ennuis lors de la traversée de la rivière.

"Je n'ai jamais vu de dragon", a déclaré mon père. « L'avez-vous vu ? Quelle est sa taille ?

"Oh, oui, j'ai effectivement vu le dragon. En fait, nous sommes devenus de grands amis", a déclaré le chat. "J'avais l'habitude de me cacher dans les buissons et de lui parler quand il n'y avait personne. Ce n'est pas un très gros dragon, de la taille d'un gros ours noir, même si j'imagine qu'il a beaucoup grandi depuis mon départ. Il a une longue queue. et des rayures jaunes et bleues. Sa corne, ses yeux et la plante de ses pieds sont rouge vif, et il a des ailes dorées.

"Oh, comme c'est merveilleux !" dit mon père. "Qu'ont fait les animaux quand son aile s'est rétablie ?"

"Ils ont commencé à l'entraîner à transporter des passagers, et même s'il n'est qu'un bébé dragon, ils le font travailler toute la journée et toute la nuit aussi parfois. Ils lui font porter des charges beaucoup trop lourdes, et s'il se plaint, ils lui tordent les ailes. et le bat. Il est toujours attaché à un pieu sur une corde juste assez longue pour traverser la rivière. Ses seuls amis sont les crocodiles, qui lui disent « bonjour » une fois par semaine s'ils n'oublient pas. l'animal le plus misérable que j'ai jamais rencontré. Quand je suis parti, j'ai promis que j'essaierais de l'aider un jour, même si je ne voyais pas comment. La corde autour de son cou est à peu près la corde la plus grosse et la plus résistante que l'on puisse imaginer. beaucoup de nœuds, il faudrait des jours pour tous les dénouer.

« Quoi qu'il en soit, quand tu parlais d'avions, tu m'as donné une bonne idée. Maintenant, je suis sûr que si tu parvenais à sauver le dragon, ce qui ne serait pas du tout facile, il te laisserait monter à bord. presque n'importe où, à condition d'être gentil avec lui, bien sûr. Et si vous essayiez ? »

"Oh, j'adorerais", a dit mon père, et il était tellement en colère contre sa mère pour avoir été impolie avec le chat qu'il ne s'est pas senti le moins du monde triste de s'enfuir de la maison pendant un moment.

Cet après-midi même, mon père et le chat descendirent aux quais pour voir les navires se dirigeant vers l'île de Tangerina. Ils ont découvert qu'un navire allait naviguer la semaine prochaine, alors ils ont immédiatement commencé à planifier le sauvetage du dragon. Le chat a été d'une grande aide en suggérant des choses à emporter à mon père et elle lui a raconté tout ce qu'elle savait sur Wild Island. Bien sûr, elle était trop vieille pour nous accompagner.

Tout devait rester très secret, alors lorsqu'ils trouvaient ou achetaient quelque chose à emporter pour le voyage, ils le cachaient derrière un rocher dans le parc. La veille du départ, mon père a emprunté le sac à dos de son père et lui et le chat ont tout emballé très soigneusement. Il a pris du chewing-gum, deux douzaines de sucettes roses, un paquet d'élastiques, des bottes en caoutchouc noir, une boussole, une brosse à dents et un tube de dentifrice, six loupes, un canif très pointu, un peigne et une brosse à cheveux, sept cheveux. des rubans de différentes couleurs, un sac de céréales vide avec une étiquette disant « Canneberge », des vêtements propres et suffisamment de nourriture pour subvenir aux besoins de mon père pendant qu'il était sur le bateau. Il ne pouvait pas vivre de souris, alors il a pris vingt-cinq sandwichs au beurre de cacahuète et à la gelée et six pommes, car c'était toutes les pommes qu'il pouvait trouver dans le garde-manger.

Quand tout fut emballé, mon père et le chat descendirent vers les quais du navire. Un veilleur de nuit était de service, alors pendant que le chat faisait des bruits étranges pour détourner son attention, mon père a couru sur la passerelle jusqu'au navire. Il descendit dans la cale et se cacha parmi des sacs de blé. Le navire a appareillé tôt le lendemain matin.

Chapitre trois
MON PÈRE TROUVE L'ÎLE

Mon père s'est caché dans la cale pendant six jours et six nuits. À deux reprises, il a failli être rattrapé lorsque le navire s'est arrêté pour embarquer davantage de marchandises. Mais enfin il entendit un marin dire que le prochain port serait Cranberry et qu'on y déchargerait le blé. Mon père savait que les marins le renverraient chez lui s'ils l'attrapaient, alors il regarda dans son sac à dos et en sortit un élastique et le sac de céréales vide avec l'étiquette disant « Canneberge ». Au dernier moment, mon père est entré dans le sac, le sac à dos et tout, a plié le haut du sac à l'intérieur et a mis l'élastique autour du haut. Il ne ressemblait pas exactement aux autres sacs mais c'était le mieux qu'il pouvait faire.

Bientôt les marins vinrent débarquer. Ils descendirent un grand filet dans la cale et commencèrent à déplacer les sacs de blé. Soudain, un marin a crié : «

Super Scott ! C'est le sac de blé le plus étrange que j'ai jamais vu ! Il est tout grumeleux, mais l'étiquette dit que c'est pour aller à Cranberry.

Les autres marins regardaient aussi le sac, et mon père, qui était bien sûr dans le sac, essayait encore plus de ressembler à un sac de blé. Puis un autre marin a touché le sac et il a justement saisi le coude de mon père. "Je sais ce que c'est", a-t-il déclaré. "C'est un sac d'épis de maïs séchés", et il a jeté mon père dans le grand filet avec les sacs de blé.

Tout cela s'est passé en fin d'après-midi, si tard que le commerçant de Cranberry qui avait commandé le blé n'a compté ses sacs que le lendemain matin. (C'était un homme très ponctuel et jamais en retard pour le dîner.) Les matelots informèrent le capitaine, et le capitaine écrivit sur un morceau de papier, qu'ils avaient livré cent soixante sacs de blé et un sac de maïs séché sur l'épi. Ils laissèrent le morceau de papier au marchand et s'embarquèrent ce soir-là.

Mon père a appris plus tard que le commerçant avait passé toute la journée suivante à compter et à recompter les sacs et à tâter chacun à la recherche du sac d'épis de maïs séché. Il ne l'a jamais trouvé car dès qu'il faisait nuit, mon père est sorti du sac, l'a plié et l'a remis dans son sac à dos. Il marcha le long du rivage jusqu'à un bel endroit sablonneux et s'allongea pour dormir.

Mon père avait très faim quand il s'est réveillé le lendemain matin. Alors qu'il cherchait s'il lui restait quelque chose à manger, quelque chose le frappa à la tête. C'était une mandarine. Il dormait juste sous un arbre plein de grosses et grasses mandarines. Et puis il se souvint que c'était l'île de Tangerina. Les mandariniers poussaient à l'état sauvage partout. Mon père en choisit autant qu'il avait de la place, soit trente et un, et partit à la recherche de Wild Island.

Il marcha et marcha et marcha le long du rivage, à la recherche des rochers qui reliaient les deux îles. Il a marché toute la journée, et un jour, lorsqu'il a rencontré un pêcheur et lui a posé des questions sur Wild Island, le pêcheur a commencé à trembler et n'a pas pu parler pendant un long moment. Cela lui faisait tellement peur, rien que d'y penser. Finalement, il dit : "Beaucoup de gens ont essayé d'explorer l'Île Sauvage, mais aucun n'est revenu vivant. Nous pensons qu'ils ont été mangés par les animaux sauvages." Cela n'a pas dérangé mon père. Il a continué à marcher et a encore dormi sur la plage cette nuit-là.

Le lendemain, le temps était magnifiquement clair, et tout en bas de la côte, mon père pouvait voir une longue ligne de rochers menant à l'océan, et tout au bout, il ne pouvait voir qu'une petite parcelle de verdure. Il mangea rapidement sept mandarines et se dirigea vers la plage.

Il faisait presque nuit quand il arriva devant les rochers, mais là, au fond de l'océan, se trouvait la tache verte. Il s'assit et se reposa un moment, se rappelant que le chat lui avait dit : « Si tu peux, sors sur l'île la nuit, car alors les animaux sauvages ne te verront pas passer le long des rochers et tu pourras te cacher quand tu y arriveras. ". Alors mon père a cueilli sept autres mandarines, a enfilé ses bottes en caoutchouc noir et a attendu la nuit.

C'était une nuit très noire et mon père pouvait à peine voir les rochers devant lui. Parfois ils étaient assez hauts et parfois les vagues les recouvraient presque, et ils étaient glissants et difficiles à parcourir. Parfois, les rochers étaient très éloignés les uns des autres et mon père devait prendre un bon départ et sauter de l'un à l'autre.

Au bout d'un moment, il commença à entendre un grondement. Le bruit devenait de plus en plus fort à mesure qu'il se rapprochait de l'île. Finalement, il semblait qu'il était au courant du bruit, et c'était effectivement le cas. Il avait sauté d'un rocher sur le dos d'une petite baleine profondément endormie et blottie entre deux rochers. La baleine ronflait et faisait plus de bruit qu'une pelle à vapeur, donc elle n'a jamais entendu mon père dire : « Oh, je ne savais pas que c'était toi ! Et il n'a jamais su que mon père lui avait sauté sur le dos par erreur.

Pendant sept heures, mon père a grimpé, glissé et sauté de rocher en rocher, mais alors qu'il faisait encore nuit, il a finalement atteint le tout dernier rocher et s'est dirigé vers Wild Island.

Chapitre quatre

MON PÈRE TROUVE LA RIVIÈRE

La jungle commençait juste au-delà d'une étroite bande de plage ; jungle épaisse, sombre, humide et effrayante. Mon père savait à peine où aller, alors il a rampé sous un buisson de thazards pour réfléchir et a mangé huit mandarines. La première chose à faire, décida-t-il, était de trouver la rivière, car le dragon était attaché quelque part le long de sa rive. Puis il pensa : « Si la rivière se jette dans l'océan, je devrais pouvoir la trouver assez facilement si je longe la plage assez loin. » Alors mon père a marché jusqu'à ce que le soleil se lève et qu'il soit assez loin des Ocean Rocks. Il était dangereux de rester à proximité d'eux car ils risquaient d'être gardés pendant la journée. Il trouva un bouquet d'herbes hautes et s'assit. Puis il ôta ses bottes en caoutchouc et mangea trois autres mandarines. Il aurait pu en manger douze mais il n'avait pas vu de mandarines sur cette île et il ne pouvait pas risquer de manquer de quelque chose à manger.

Mon père a dormi toute la journée et ne s'est réveillé que tard dans l'après-midi lorsqu'il a entendu une drôle de petite voix qui disait : « Bizarre, drôle, quel cher petit quai ! Je veux dire, cher, cher, quel drôle de petit rocher ! Mon père a vu une petite patte se frotter sur son sac à dos. Il resta immobile et la souris, car c'était *une* souris, s'éloigna précipitamment en marmonnant : « Je dois sentir la merde. Je veux dire, je dois le dire à quelqu'un.

Mon père a attendu quelques minutes puis s'est mis en route vers la plage parce qu'il faisait presque nuit maintenant et il avait peur que la souris le dise vraiment à quelqu'un. Il a marché toute la nuit et deux choses effrayantes se sont produites. D'abord, il a juste dû éternuer, ce qu'il a fait, et quelqu'un à proximité a dit : « C'est toi, Singe ? Mon père a dit : « Oui ». Puis la voix a dit

: « Tu dois avoir quelque chose sur le dos, Singe », et mon père a répondu « Oui », parce qu'il l'avait. Il avait son sac à dos sur le dos. "Qu'est-ce que tu as sur le dos, Monkey ?" demanda la voix.

Mon père ne savait pas quoi dire, car qu'est-ce qu'un singe aurait sur le dos, et qu'est-ce que ça donnerait d'en parler à quelqu'un s'il avait quelque chose ? À ce moment précis, une autre voix dit : « Je parie que vous emmenez votre grand-mère malade chez le médecin. Mon père a dit "Oui" et s'est dépêché. Tout à fait par hasard, il a découvert plus tard qu'il avait parlé à deux tortues.

La deuxième chose qui s'est produite, c'est qu'il a failli passer entre deux sangliers qui parlaient à voix basse et solennelle. Quand il a vu pour la première fois les formes sombres, il a pensé qu'il s'agissait de rochers. Juste à temps, il entendit l'un d'eux dire : « Il y a trois signes d'une invasion récente. Premièrement, des écorces de mandarines fraîches ont été trouvées sous le buisson de thazards près des Ocean Rocks. Deuxièmement, une souris a signalé un rocher extraordinaire à une certaine distance des Ocean Rocks. qui, après une enquête plus approfondie, n'était tout simplement pas là. Cependant, d'autres écorces de mandarines fraîches ont été trouvées au même endroit, ce qui est le troisième signe d'invasion. Puisque les mandarines ne poussent pas sur notre île, quelqu'un a dû les amener de l'autre côté des rochers de l'océan. l'autre île, qui peut, ou non, avoir quelque chose à voir avec l'apparition et/ou la disparition de l'extraordinaire rocher signalé par la souris."

Après un long silence, l'autre sanglier dit : "Tu sais, je pense que nous prenons tout cela trop au sérieux. Ces peaux ont probablement flotté ici toutes seules, et tu sais à quel point les souris ne sont pas fiables. D'ailleurs, s'il y avait eu une invasion , *je* l'aurais vu!"

"Peut-être avez-vous raison", dit le premier sanglier. « Allons-nous prendre notre retraite ? » Sur quoi ils retournèrent tous les deux dans la jungle.

Eh bien, cela a donné une leçon à mon père, et après cela, il a conservé toutes ses pelures de mandarine. Il marcha toute la nuit et, vers le matin, arriva à la rivière. C'est alors que ses ennuis commencèrent réellement.

Chapitre cinq
MON PÈRE RENCONTRE DES TIGRES

La rivière était très large et boueuse, et la jungle était très sombre et dense. Les arbres poussaient près les uns des autres, et l'espace qu'il y avait entre eux était occupé par de grandes fougères aux feuilles collantes. Mon père détestait quitter la plage, mais il a décidé de commencer le long de la rivière, où au moins la jungle n'était pas aussi épaisse. Il mangea trois mandarines, en prenant soin de garder toutes les peaux cette fois, et enfila ses bottes en caoutchouc.

Mon père a essayé de suivre la rive de la rivière mais c'était très marécageux et à mesure qu'il avançait, le marais devenait plus profond. Lorsqu'il fut presque aussi profond que le dessus de ses bottes, il resta coincé dans la boue suintante et boueuse. Mon père tirait et tirait, et faillit arracher ses bottes, mais il réussit finalement à patauger jusqu'à un endroit plus sec. Ici, la jungle était si épaisse qu'il pouvait à peine voir où se trouvait la rivière. Il déballa sa boussole et calcula la direction dans laquelle il devait marcher pour rester près de la rivière. Mais il ne savait pas que la rivière formait une courbe très prononcée en s'éloignant de lui juste un peu plus loin, et ainsi, à mesure qu'il marchait tout droit, il s'éloignait de plus en plus de la rivière.

C'était très dur de marcher dans la jungle. Les feuilles collantes des fougères s'accrochaient aux cheveux de mon père, et il ne cessait de trébucher sur les racines et les bûches pourries. Parfois, les arbres étaient si serrés les uns contre les autres qu'il ne pouvait pas se faufiler entre eux et devait parcourir un long chemin.

Il a commencé à entendre des chuchotements, mais il ne pouvait voir aucun animal nulle part. Plus il s'enfonçait dans la jungle, plus il était sûr que quelque chose le suivait, et alors il crut entendre des chuchotements des deux côtés de lui ainsi que derrière lui. Il essaya de courir, mais il trébucha sur d'autres racines et les bruits ne firent que se rapprocher. Une ou deux fois, il crut entendre quelque chose se moquer de lui.

Finalement, il déboucha dans une clairière et courut au milieu de celle-ci pour voir tout ce qui pourrait tenter de l'attaquer. A-t-il été surpris lorsqu'il a vu quatorze yeux verts sortir de la jungle tout autour de la clairière, et lorsque les yeux verts se sont transformés en sept tigres ! Les tigres marchaient autour de lui en formant un grand cercle, l'air de plus en plus affamés, puis ils s'assirent et commencèrent à parler.

"Je suppose que tu pensais que nous ne savions pas que tu étais entré dans notre jungle !"

Puis le prochain tigre parla. "Je suppose que tu vas dire que tu ne savais pas que c'était notre jungle !"

"Saviez-vous qu'aucun explorateur n'a jamais quitté cette île vivant ?" dit le troisième tigre.

Mon père a pensé au chat et savait que ce n'était pas vrai. Mais bien sûr, il avait trop de bon sens pour le dire. On ne contredit pas un tigre affamé.

Les tigres continuèrent à parler à leur tour. "Tu es notre premier petit garçon, tu sais. Je suis curieux de savoir si tu es particulièrement tendre."

"Peut-être pensez-vous que nous avons des heures de repas régulières, mais ce n'est pas le cas. Nous mangeons juste quand nous avons faim", a déclaré le cinquième tigre.

"Et nous avons très faim en ce moment. En fait, j'ai hâte", a déclaré le sixième.

"J'ai *hâte* !" dit le septième tigre.

Et puis tous les tigres dirent ensemble dans un grand rugissement :
« Commençons tout de suite ! » et ils se rapprochèrent.

Mon père a regardé ces sept tigres affamés, et puis il a eu une idée. Il ouvrit
rapidement son sac à dos et en sortit le chewing-gum. Le chat lui avait raconté
que les tigres étaient particulièrement friands de chewing-gum, très rare sur
l'île. Alors il leur jeta chacun un morceau mais ils se contentèrent de grogner
: "Même si nous aimons le chewing-gum, nous sommes sûrs que nous vous
aimerions encore plus !" et ils se rapprochèrent si près qu'il pouvait les sentir
respirer sur son visage.

"Mais c'est un chewing-gum très spécial", dit mon père. "Si vous continuez à
le mâcher assez longtemps, il deviendra vert, et si vous le plantez, il poussera
davantage de chewing-gum, et plus tôt vous commencerez à mâcher, plus
vite vous en aurez."

Les tigres dirent : "Eh bien, ne le dites pas ! N'est-ce pas bien !" Et comme
chacun voulait être le premier à planter le chewing-gum, ils déballèrent tous
leurs morceaux et se mirent à mâcher le plus fort possible. De temps en
temps, un tigre regardait dans la bouche d'un autre et disait : « Non, ce n'est
pas encore fait », jusqu'à ce que finalement ils soient tous tellement occupés
à se regarder dans la bouche pour s'assurer que personne n'allait de l'avant,
qu'ils oublièrent tout. Mon père.

Chapitre six
MON PÈRE RENCONTRE UN RHINOCÉROS

Mon père trouva bientôt un sentier qui partait de la clairière. Toutes sortes d'animaux l'utilisaient peut-être aussi, mais il décida de suivre la piste, peu importe ce qu'il rencontrait, car elle pourrait mener au dragon. Il surveillait attentivement devant et derrière et continua son chemin.

Alors qu'il se sentait tout à fait en sécurité, il contourna un virage juste derrière les deux sangliers. L'un d'eux disait à l'autre : « Saviez-vous que les tortues croyaient avoir vu Singe porter sa grand-mère malade chez le médecin hier soir ? Mais la grand-mère de Singe est décédée il y a une semaine, elles ont donc dû voir autre chose. Je me demande ce que c'est. était."

"Je vous ai dit qu'une invasion se préparait", dit l'autre sanglier, "et j'ai l'intention de découvrir de quoi il s'agit. Je ne supporte tout simplement pas les invasions."

"Non plus," dit une toute petite voix. "Je veux dire, moi non plus", et mon père savait que la souris était là aussi.

"Eh bien," dit le premier sanglier, "tu cherches le sentier qui monte par ici jusqu'au dragon. Je redescendrai dans l'autre sens à travers la grande clairière, et nous enverrons Souris surveiller les rochers de l'océan au cas où l'invasion se produirait." devrions décider de partir avant de le trouver.

Mon père s'est caché juste à temps derrière un acajou et le premier sanglier est passé devant lui. Mon père attendait que l'autre sanglier prenne de l'avance sur lui, mais il n'a pas attendu très longtemps car il savait que lorsque le premier sanglier verrait les tigres mâcher du chewing-gum dans la clairière, il serait encore plus méfiant.

Bientôt, le sentier traversa un petit ruisseau et mon père, qui avait alors très soif, s'arrêta pour boire de l'eau. Il portait encore ses bottes en caoutchouc, alors il pataugea dans une petite flaque d'eau et se baissait quand quelque chose d'assez pointu l'attrapa par le bas du pantalon et le secoua très fort.

"Tu ne sais pas que c'est ma piscine privée pour pleurer ?" » dit une voix profonde et en colère.

Mon père ne pouvait pas voir qui parlait parce qu'il était suspendu dans les airs juste au-dessus de la piscine, mais il a dit : « Oh, non, je suis vraiment désolé. Je ne savais pas que tout le monde avait une piscine privée pour pleurer.

« Tout le monde ne le fait pas ! » dit la voix en colère, "mais je le fais parce que j'ai tellement de raisons de pleurer, et je noie tous ceux que je trouve en utilisant ma piscine qui pleure." Sur ce, l'animal a balancé mon père de haut en bas au-dessus de l'eau.

« Pourquoi… est-ce que… tu pleures… autant ? » demanda mon père en essayant de reprendre son souffle, et il réfléchit à tout ce qu'il avait dans son sac.

"Oh, j'ai beaucoup de raisons de pleurer, mais le plus important est la couleur de ma défense." Mon père se tortillait dans tous les sens pour essayer de voir la défense, mais c'était à travers le bas de son pantalon qu'il ne pouvait pas la voir. "Quand j'étais un jeune rhinocéros, ma défense était d'un blanc nacré", dit l'animal (et alors mon père savait qu'il était pendu par le bas de son pantalon à une défense de rhinocéros !), "mais elle est devenue un méchant jaune -gris dans ma vieillesse, et je trouve ça très laid. Tu vois, tout le reste chez moi est laid, mais quand j'avais une belle défense, je ne me souciais plus tellement du reste, maintenant que ma défense est moche aussi, Je ne peux pas dormir la nuit en pensant à quel point je suis laide, et je pleure tout le temps. Mais pourquoi devrais-je te dire ces choses ? Je t'ai surpris en train d'utiliser ma piscine et maintenant je vais te noyer.

"Oh, attends une minute, Rhinocéros", dit mon père. "J'ai des choses qui rendront ta défense toute blanche et belle à nouveau. Laissez-moi tomber et je vous les donnerai."

Le rhinocéros dit : "Oui ? J'ai du mal à y croire ! Pourquoi, je suis tellement excité !" Il a déposé mon père et a dansé en rond pendant que mon père sortait le tube de dentifrice et la brosse à dents.

"Maintenant", dit mon père, "rapprochez simplement votre défense un peu, s'il vous plaît, et je vais vous montrer par où commencer." Mon père a mouillé la brosse dans la piscine, a appliqué une noisette de dentifrice et a frotté très fort un tout petit endroit. Ensuite, il a dit au rhinocéros de le laver, et lorsque la piscine était redevenue calme, il a dit au rhinocéros de regarder dans l'eau et de voir à quel point la petite tache était blanche. C'était difficile à voir dans la faible lumière de la jungle, mais effectivement, l'endroit brillait d'un blanc nacré, comme neuf. Le rhinocéros était si content qu'il attrapa la brosse à dents et commença à frotter violemment, oubliant tout mon père.

A ce moment-là, mon père entendit des bruits de sabots et sauta derrière le rhinocéros. C'était le sanglier qui revenait de la grande clairière où les tigres mâchaient du chewing-gum. Le sanglier a regardé le rhinocéros, la brosse à dents et le tube de dentifrice, puis il s'est gratté l'oreille sur un arbre. "Dis-moi, Rhinocéros", dit-il, "où as-tu trouvé ce fin tube de dentifrice et cette brosse à dents ?"

"Trop occupé!" » dit le rhinocéros, et il continua à brosser aussi fort qu'il le pouvait.

Le sanglier renifla avec colère et trottina sur le sentier en direction du dragon, marmonnant pour lui-même : « Très suspect – les tigres trop occupés à

mâcher du chewing-gum, le rhinocéros trop occupé à brosser ses défenses –
doit s'emparer de cette invasion. Je n'aime pas ça du tout, pas du tout. un peu
! Ça dérange terriblement tout le monde – je me demande ce que ça fait ici,
de toute façon.

Chapitre sept
MON PÈRE RENCONTRE UN LION

Mon père a dit au revoir au rhinocéros, qui était beaucoup trop occupé pour le remarquer, a pris un verre plus loin dans le ruisseau et est retourné vers le sentier. Il n'était pas allé très loin lorsqu'il entendit un animal en colère rugir : « Bon sang ! Je t'ai dit de ne pas aller mûrir hier. Tu n'apprendras jamais ? Que dira ta mère !

Mon père s'est avancé et a regardé dans une petite clairière juste devant. Un lion caracolait et griffait sa crinière toute grondante et pleine de brindilles de mûres. Plus il griffait, plus c'était pire et plus il devenait fou et plus il criait après lui-même, parce que c'était lui-même qu'il criait tout le temps.

Mon père voyait que le sentier traversait la clairière, alors il décida de ramper autour de la lisière dans les sous-bois et de ne pas déranger le lion.

Il rampait et rampait, et les cris devenaient de plus en plus forts. Juste au moment où il était sur le point d'atteindre le sentier de l'autre côté, les cris cessèrent soudainement. Mon père a regardé autour de lui et a vu le lion le regarder. Le lion chargea et s'arrêta à quelques centimètres de là.

"Qui es-tu?" le lion a crié après mon père.

"Je m'appelle Elmer Elevator."

"Où pensez-vous que vous allez?"

"Je rentre à la maison", dit mon père.

"C'est ce que tu penses!" dit le lion. "D'habitude, je te garderais pour le thé de l'après-midi, mais il se trouve que je suis assez bouleversé et assez affamé pour te manger maintenant." Et il a pris mon père dans ses pattes avant pour sentir à quel point il était gros.

Mon père a dit : « Oh, s'il te plaît, Lion, avant de me manger, dis-moi pourquoi tu es si particulièrement bouleversé aujourd'hui.

"C'est ma crinière", dit le lion en calculant combien de morsures un petit garçon ferait. " Vous voyez à quel point c'est un désastre épouvantable, et je ne semble pouvoir rien y faire. Ma mère vient chez le dragon cet après-midi, et si elle me voit de cette façon, j'ai peur qu'elle le fasse. " arrête mon allocation. Elle ne supporte pas les crinières en désordre ! Mais je vais te manger maintenant, donc ça ne fera aucune différence pour toi.

"Oh, attends une minute", dit mon père, "et je te donnerai juste les choses dont tu as besoin pour rendre ta crinière bien rangée et belle. Je les ai ici dans mon sac."

"Tu fais?" dit le lion. "Eh bien, donne-les-moi, et peut-être que je te garderai pour le thé de l'après-midi après tout", et il déposa mon père par terre.

Mon père ouvrit le paquet et en sortit le peigne, la brosse et les sept rubans pour cheveux de couleurs différentes. « Écoutez, » dit-il, « je vais vous montrer quoi faire sur votre toupet, où vous pourrez me surveiller. D'abord vous vous brossez un moment, puis vous vous peignez, et puis vous vous brossez à nouveau jusqu'à ce que toutes les brindilles et les grognements aient disparu. . Ensuite, vous le divisez en trois, vous le tressez comme ceci et vous nouez un ruban autour du bout.

Pendant que mon père faisait cela, le lion observait très attentivement et commençait à avoir l'air beaucoup plus heureux. Quand mon père a attaché le ruban, il était tout sourire. "Oh, c'est merveilleux, vraiment merveilleux !" dit le lion. "Donnez-moi le peigne et la brosse et voyez si je peux le faire." Alors mon père lui a donné le peigne et la brosse et le lion a commencé à soigner sa crinière. En fait, il était tellement occupé qu'il ne savait même pas quand mon père était parti.

Chapitre huit
MON PÈRE RENCONTRE UN GORILLE

Mon père avait très faim alors il s'est assis sous un bébé banian au bord du sentier et a mangé quatre mandarines. Il voulait en manger huit ou dix, mais il n'en restait que treize et il lui faudrait peut-être beaucoup de temps avant d'en manger davantage. Il rangea toutes les épluchures et s'apprêtait à se lever lorsqu'il entendit les voix familières des sangliers.

"Je ne l'aurais pas cru si je ne les avais pas vus de mes propres yeux, mais attendez et voyez par vous-même. Tous les tigres sont assis autour de mâcher du chewing-gum pour battre la bande. Le vieux rhinocéros est tellement occupé à brosser sa défense qu'il ne regarde même pas autour de lui pour voir qui passe, et ils sont tous tellement occupés qu'ils ne veulent même pas me parler !"

"Plumes de cheval !" dit l'autre sanglier, maintenant très proche de mon père. "Ils me parleront ! Je vais aller au fond des choses si c'est la dernière chose que je fais !"

Les voix dépassèrent mon père et contournèrent un virage, et il se dépêcha car il savait à quel point les sangliers seraient encore plus bouleversés lorsqu'ils verraient la crinière du lion attachée dans des rubans de cheveux.

Peu de temps après, mon père arriva à un carrefour et s'arrêta pour lire les panneaux. Tout droit, une flèche indiquait le début de la rivière ; à gauche, les Ocean Rocks ; et à droite, au Dragon Ferry. Mon père lisait tous ces panneaux lorsqu'il entendit des bruits de pattes et se cacha derrière le panneau. Une belle lionne défila et se dirigea vers les clairières. Même si elle aurait pu voir mon père si elle avait pris la peine de jeter un coup d'œil au message, elle était beaucoup trop occupée à avoir l'air digne pour voir autre chose que le bout de son propre nez. C'était bien sûr la mère du lion, et cela, pensa mon père, devait signifier que le dragon était de ce côté-ci de la rivière. Il se dépêcha, mais c'était plus loin qu'il ne l'avait jugé. Il arriva finalement au bord de la rivière en fin d'après-midi et regarda tout autour, mais il n'y avait aucun dragon en vue. Il a dû retourner de l'autre côté.

Mon père s'est assis sous un palmier et essayait d'avoir une bonne idée quand quelque chose de gros, noir et poilu a sauté de l'arbre et a atterri avec un grand fracas à ses pieds.

"Bien?" » dit une voix énorme.

"Et bien quoi ?" dit mon père, ce dont il fut vraiment désolé lorsqu'il leva les yeux et découvrit qu'il parlait à un gorille énorme et très féroce.

"Eh bien, explique-toi", dit le gorille. "Je vous donne jusqu'à dix pour me dire votre nom, votre entreprise, votre âge et ce qu'il y a dans ce paquet," et il commença à compter jusqu'à dix aussi vite qu'il le pouvait.

Mon père n'a même pas eu le temps de dire « Elmer Elevator, explorateur » avant que le gorille ne l'interrompe : « Trop lent ! Je vais te tordre les bras comme je tords les ailes de ce dragon, et ensuite nous verrons si tu ne peux pas. dépêche-toi un peu." Il a attrapé les bras de mon père, un dans chaque poing, et était sur le point de les tordre lorsqu'il l'a soudainement lâché et a commencé à se gratter la poitrine avec les deux mains.

« Explosez ces puces ! il était en colère. "Ils ne vous laisseront pas un instant de paix, et le pire, c'est que vous ne pourrez même pas les voir attentivement. Rosie ! Rhoda ! Rachel ! Ruthie ! Ruby ! Roberta ! Viens ici et débarrasse-toi de cette puce. sur ma poitrine. Ça me rend fou ! »

Six petits singes sont sortis du palmier, se sont précipités vers le gorille et ont commencé à lui peigner les poils de la poitrine.

"Eh bien," dit le gorille, "il est toujours là !"

"Nous cherchons, nous cherchons", dirent les six petits singes, "mais ils sont terriblement difficiles à voir, vous savez."

"Je sais", dit le gorille, "mais dépêche-toi. J'ai du travail à faire", et il fit un clin d'œil à mon père.

"Oh, Gorilla", dit mon père, "dans mon sac à dos, j'ai six loupes. Ce serait parfait pour chasser les puces." Mon père les a déballés et en a donné un à Rosie, un à Rhoda, un à Rachel, un à Ruthie, un à Ruby et un à Roberta.

"Eh bien, ils sont miraculeux !" dirent les six petits singes. "C'est facile de voir les puces maintenant, seulement il y en a des centaines !" Et ils continuèrent à chasser frénétiquement.

Un instant plus tard, de nombreux autres singes sont apparus dans un bosquet de mangroves voisin et ont commencé à se rassembler pour observer les puces à travers les loupes. Ils ont complètement encerclé le gorille, et il ne pouvait pas voir mon père et il ne se souvenait pas non plus de lui tordre les bras.

Chapitre neuf
MON PÈRE FAIT UN PONT

Mon père allait et venait le long de la rive, essayant de trouver un moyen de traverser la rivière. Il trouva un haut mât de drapeau avec une corde passant de l'autre côté. La corde passait par une boucle au sommet du poteau, puis descendait le poteau et autour d'une grande manivelle. Un panneau sur la manivelle disait :

POUR INVOQUER UN DRAGON, RAPPER LA MANIVELLE, RAPPORTER UNE CONDUITE DÉSORDÉRÉE AU GORILLE

D'après ce que le chat avait dit à mon père, il savait que l'autre extrémité de la corde était attachée autour du cou du dragon, et il se sentait plus désolé que jamais pour le pauvre dragon. S'il était de ce côté, le gorille tordrait ses ailes jusqu'à ce que cela lui fasse tellement mal qu'il devrait voler de l'autre côté. S'il était de l'autre côté, le gorille ferait tourner la corde jusqu'à ce que le dragon s'étouffe ou revienne de ce côté. Quelle vie pour un bébé dragon !

Mon père savait que s'il appelait le dragon pour qu'il traverse la rivière, le gorille l'entendrait sûrement, alors il a pensé à grimper au poteau et à traverser avec la corde. Le poteau était très haut, et même s'il pouvait atteindre le sommet sans être vu, il devrait le traverser main dans la main. La rivière était très boueuse et toutes sortes d'êtres hostiles pouvaient y vivre, mais mon père ne voyait pas d'autre moyen de traverser. Il était sur le point de démarrer la perche quand, malgré tout le bruit que faisaient les singes, il entendit un grand clapotis derrière lui. Il regarda partout dans l'eau mais c'était le crépuscule maintenant et il ne pouvait rien y voir.

"C'est moi, Crocodile", dit une voix à gauche. "L'eau est belle et j'ai tellement envie de quelque chose de sucré. Ne veux-tu pas venir nager ?"

Une lune pâle sortait de derrière les nuages et mon père pouvait voir d'où venait la voix. La tête du crocodile sortait tout juste de l'eau.

"Oh, non merci", dit mon père. "Je ne nage jamais après le coucher du soleil, mais j'ai quelque chose de sucré à t'offrir. Peut-être que tu aimerais une sucette, et peut-être que tu as des amis qui aimeraient aussi des sucettes ?"

"Des sucettes !" dit le crocodile. "Eh bien, c'est un régal ! Et si, les garçons ?"

Tout un chœur de voix criait : « Hourra ! Sucettes ! et mon père a dénombré jusqu'à dix-sept crocodiles dont la tête sortait à peine de l'eau.

"C'est bon", dit mon père en sortant les deux douzaines de sucettes roses et les élastiques. "Je vais en mettre une ici dans la banque. Les sucettes durent plus longtemps si vous les gardez hors de l'eau, vous savez. Maintenant, l'un de vous peut avoir celle-là."

Le crocodile qui avait parlé le premier nagea et le goûta. "Délicieux, vraiment délicieux !" il a dit.

"Maintenant, si cela ne vous dérange pas", dit mon père, "je vais simplement marcher le long de votre dos et attacher une autre sucette au bout de votre queue avec un élastique. Cela ne vous dérange pas, n'est-ce pas ?"

"Oh non, pas du tout", dit le crocodile.

"Peux-tu sortir un peu ta queue de l'eau ?" demanda mon père.

"Oui, bien sûr", dit le crocodile en levant la queue. Puis mon père a couru sur son dos et a attaché une autre sucette avec un élastique.

"Qui est le suivant?" dit mon père, et un deuxième crocodile nagea et commença à sucer cette sucette.

"Maintenant, messieurs, vous pouvez gagner beaucoup de temps si vous faites simplement la queue de l'autre côté de la rivière", a déclaré mon père, "et je serai là pour vous donner à chacun une sucette."

Alors les crocodiles se sont alignés de l'autre côté de la rivière, la queue en l'air, attendant que mon père attache le reste des sucettes. La queue du dix-septième crocodile vient d'atteindre l'autre rive.

Chapitre dix
MON PÈRE TROUVE LE DRAGON

Alors que mon père traversait le dos du quinzième crocodile avec encore deux sucettes à emporter, le bruit des singes s'est soudainement arrêté et il pouvait entendre un bruit beaucoup plus fort, de plus en plus fort à chaque seconde. Puis il entendit sept tigres furieux, un rhinocéros enragé, deux lions bouillonnants, un gorille déclamé, ainsi que d'innombrables singes hurlants, menés par deux sangliers extrêmement en colère, tous criant : "C'est un truc ! C'est un truc ! Il y a une invasion et ça doit être après notre dragon. Tuez-le ! » Toute la foule s'est précipitée vers la banque.

Alors que mon père préparait la dix-septième sucette pour le dernier crocodile, il entendit un sanglier crier : "Regarde, il est venu par ici ! Il est là-bas maintenant, tu vois ! Les crocodiles ont fait un pont pour ça", et juste au moment où mon père sautait sur sur l'autre rive, un des sangliers sauta sur le dos du premier crocodile. Mon père n'avait pas un instant à perdre.

Le dragon réalisa alors que mon père venait le sauver. Il est sorti en courant des buissons et a sauté de haut en bas en criant. "Me voilà ! Je suis là ! Me voyez-vous ? Dépêchez-vous, le sanglier arrive aussi sur les crocodiles. Ils arrivent tous ! Oh, s'il vous plaît, dépêchez-vous, dépêchez-vous !" Le bruit était tout simplement génial.

Mon père a couru vers le dragon et a sorti son couteau très tranchant. "Tiens bon, mon vieux, reste stable. Nous y arriverons. Reste juste immobile", dit-il au dragon alors qu'il commençait à scier la grosse corde.

À ce moment-là, les deux sangliers, les sept tigres, les deux lions, le rhinocéros et le gorille, ainsi que les innombrables singes hurlants, traversaient les crocodiles et il restait encore beaucoup de corde à couper.

"Oh, dépêche-toi", répétait le dragon, et mon père lui disait encore une fois de rester immobile.

"Si je ne pense pas pouvoir y arriver", dit mon père, "nous volerons de l'autre côté de la rivière et je pourrai finir de couper la corde là-bas."

Soudain, les cris sont devenus de plus en plus forts et mon père a pensé que les animaux avaient dû traverser la rivière. Il regarda autour de lui et vit quelque chose qui le surprit et le ravit. En partie parce qu'il avait fini sa sucette, et en partie parce que, comme je vous l'ai déjà dit, les crocodiles sont très maussades, peu fiables et cherchent toujours quelque chose à manger, le premier crocodile s'est détourné de la berge et a commencé à nager vers le bas. la rivière. Le deuxième crocodile n'avait pas encore fini, alors il suivit juste après le premier, toujours en train de sucer sa sucette. Tous les autres firent la même chose, les uns après les autres, jusqu'à ce qu'ils s'éloignent tous en ligne. Les deux sangliers, les sept tigres, le rhinocéros, les deux lions, le gorille, ainsi que les innombrables singes hurlants, descendaient tous au milieu de la rivière sur le train des crocodiles suçant des sucettes roses, et tous criaient, hurlaient et se mouiller les pieds.

Mon père et le dragon se moquèrent d'eux-mêmes parce que c'était un spectacle tellement idiot. Dès qu'ils eurent récupéré, mon père finit de couper la corde et le dragon courut en rond et tenta de faire un saut périlleux. Il était le bébé dragon le plus excité qui ait jamais vécu. Mon père était pressé de s'envoler, et quand le dragon s'est finalement un peu calmé, mon père a grimpé sur son dos.

"Tous à bord !" dit le dragon. "Où devrions-nous aller?"

"Nous passerons la nuit sur la plage et demain nous commencerons le long voyage de retour. C'est donc direction les rives de Tangerina !" a crié mon père alors que le dragon planait au-dessus de la jungle sombre et de la rivière boueuse et de tous les animaux qui hurlaient dessus et de tous les crocodiles léchant des sucettes roses et souriant de larges sourires. Après tout, que se souciaient les crocodiles du moyen de traverser la rivière, et quel beau festin ils portaient sur leur dos !

Alors que mon père et le dragon passaient au-dessus des rochers de l'océan, ils entendirent une petite voix excitée crier : "Bum cack ! Bum cack ! Nous avons dessiné notre nagon ! Je veux dire, nous avons besoin de notre dragon !"

Mais mon père et le dragon savaient que rien au monde ne les ferait jamais retourner sur l'Île Sauvage.

LA FIN